新 금강별곡

박재홍 시집

개미

엄마야

　금남 호남정맥은 백두대간의 장안산에서 시작되어 주화산에서 끝나지요. 산줄기로 보면 금남정맥과 더불어 금강 유역의 경계를 만들고, 호남정맥과 더불어 금강과 섬진강 유역의 경계를 만들었지요

　낮달의 춤으로 시작된 나의 시적 기행은 섬진 이야기를 지나 도마시장을 지나고 신무산의 뜬봉샘에서 발원하여 호서지방을 거쳐 논산 강경으로부터 충청남도와 전라북도의 도계를 이루고 황해로 흘러들어 가는 중입니다. 그 옛날은 백제가 금강을 통하여 중국과 일본을 품었듯이 말입니다.

　경기와 호서를 아우르는 기호학파의 형성은 정치적, 학문적 꿈이 어려 있는 동춘당의 용머리 와당이 되어 아직도 흐느끼지만 어찌 부정하겠습니까. 기호학파의 꿈이 동학으로 피어났다는 사실과 기호의 시작이 예학으로부터 완성되어질 때서야 비로소 사계 김장생의 꿈을 바로 볼 수 있는 오늘이 안단테로 흘러간다고 여겨집니다.

　작금의 흐트러진 비운의 국가 현실에 예학의 본질이 발원하기를 기원합니다. 흐릿할 수밖에 없던 민족적 정서가 강하고 생생하게 피어나기를 바랍니다. 新 금강별곡(錦江別曲)은 중국과 일본을 품고 기호가 그려낸 예학이 무수한 詩가 되어 불리어지기를 바랍니다. 禮學(예학)은 바람(風)이 될 것입니다. 뿐만 아니라 악공이 연주하는 음악이 되고 한 시대의 류가 되어 시대정신으로 거듭날 것입니다.

『新 금강별곡』을 완성하는 중에 모친을 여의는 황망함을 만났습니다. 예학이 상실되어 현대가 혼탁해지는 것을 목도하다가 천하의 불효자인 스스로 예를 만났습니다. 천하에 부끄러움이 눈앞에 펼쳐졌습니다. 많은 시편들을 버리고 다시 처음으로 돌아가게 되었습니다.

결국 『新 금강별곡』 101편이 내 기억의 반추이자 운명처럼 만난 三南(삼남)의 결이요 행장입니다. 국가가 준 무정부 시절의 성장통을 앓고 있습니다. 이 고통이 지나가도록 염원하는 기호의 발원을 위한 편린이라고 하겠습니다.

부디 예풍이 진작되어 세대 간에 허물이 없기를 간절하게 바랍니다. 이 시집을 상재하는데 도움을 주신 분들을 돌이켜 기억합니다. 제 화를 선뜻 허락하신 저산 이익태 선생님, 그리고 제 이름을 써주신 석헌 임재우 선생님, 교정을 본 박지영 계간 문학마당 편집장, 일러스트를 도와 준 노피커뮤니케이션에게 감사를 드립니다.

그리고 마지막으로 2016년 5월 6일 영면에 드신 '어머니' 말하기도 염치없고 부끄럽지만 "사랑합니다."

2016년 梧軒詩書畫樓에서
박재홍

新 금강별곡
차례

新 금강별곡 1

이야기의 결을 만지는
겨울 錦江의 새,

사랑이 아니어도 좋습니다

꽃처럼 품에서 잠들던
홀딱벗고 새,

비갠 하늘에 한 줄 반개한 약사여래 눈,
공주 석장리 유적 옆을 지나던 홍건한
노을 같아서,

산보다 크고 산그늘보다 깊은 이별의 죄를
어루만지니 지은죄가 하늘 같습니다

서러운 것을 보니, 영육이 무릎걸음으로
갈대처럼 고고성(呱呱聲)을 지르며
결을 일으키는 바람이 됩니다

新 금강별곡 2

남포등 터지듯 강을 따라 흐르던
참붕어가 하늘을 향해 묻습니다.
쟁기질 잘하고 입담 좋은 충청도 시인
한 사람 살던 금강 하구 어디쯤이냐고

그해 겨울은 가물어 허기가 진 담벼락 아래
서럽던 시절 과메기처럼 몸을 녹이던
햇살 아래, 비늘에 흥건한 홍시빛 당신,
젖몽울이 홍매 첫순처럼 터진,

구멍난 봉창처럼 우는데도,
해질 녘 강물에 담근 황새 다리처럼
바닥을 긁는 인연의 타래가
아아, 당신을 붙잡지 못합니다.

시린 천공에 나비 한 마리는 귀천한
시인처럼 유유자적 하는데,
무정한 사랑이야 절로 몸을 던지고

숱 검은 머리채가 희어지도록
공중에 맴을 돌며 찾는데도

떠난 자국만 남지 돌아올 기미가 없는 오늘이
쟁기질하는 소의 콧김 같습니다
눈길을 피하는 오늘 같습니다.

新 금강별곡 3

허기진 놈들은 다 강가에서 살아라 남몰래 말 못할 한숨이 있는 놈
이라면
반드시 금강가에 찾아와 나를 찾아라 붙들 것 없는 하루가
뼈가 쓰는 시를 골육을 먹을 수 있는 놈 와서 먹어도 좋다

날마다 꿈이 남포 등불처럼 퍼덕거리고 나의 사랑이 금간
사금파리처럼 강 밑을 훑고 지나는 중에도 이르지 못한
나의 연서는 갈대 속으로 숨어 봄이면 뻐꾹새 소리로 운다

죽은 시인이 되어 이 겨울은 강 밑에서 울거나
공중에 등신불 구름이 되어 울겠다 마지막 노을이 되어 흥건하여
귓이 쨍하도록 얼은 날.

新 금강별곡 4

꿈을 쟁기질하다 돌멩이 하나에 멈춰 섰다
살아온 날수가 멋은 첫날이다
누구는 자식 얘기를 하고 누구는 떠나간 마누라 얘기에 털석 앉아
부리는 이야기가 아니다

가버린 날들이 돌아와 턱하니 치켜뜬 눈빛에 노을이 담겨서는
서슬퍼런 강 밑을 뒤엎어 던진 그물에 푸덕거리는 잉어, 메기,
붕어, 빠가사리 통점 없는 설움이 역사성이라고
말라들어가는 물기처럼 자지러지며 던지는 화두가
재래종보다는 외래종 물고기에 치받치고 있는 어느 한날,

일간지 문화면 한 켠에 신동엽 시인의 시가
시인의 뜻과는 관계없이 나풀거리는
활자로 돌아다니고 있었다

얼마나 갈 데가 없으면 마을 앞 어귀에 피를
토하며 둘러본 강물에 쏟은 시가 선지처럼
응어리가져 새록새록 기억된 자리에
서 있겠는가 노을이 되어서

新 금강별곡 5

발문수가 크다면 말이나 안하지
종종걸음 칠 때마다 살아온 날수를 버티는
버팀목 같다.

상처난 역사의 댓돌 위에
소금을 넣으며
썩지 말라고, 잊지 말라고
강은 자꾸만
기억을 게워내고 있고

문수보살 손바닥 위 손오공처럼
별이 지고 달이 천공을 오를 무렵이면
금강 곁에는 수상한 한 여인이
되돌이표가 되어 떠도는 중이다.

新 금강별곡 6

장독 깨지는 소리가 나는 허공에 얼룩이 생겼다
철지난 기러기 기웃거리는 중에
낮달이 철없이 히죽하고 웃는다
삼삼오오 강태공 드리운 찌에 바람이 장난을 하고
겨울강 아래를 훑던 마음이 방생을 하는데,
더딘 사랑에 마음에 추를 달지는 말아라
아직은 쓰러질 때가 아니다 진눈깨비 오는 시장에
전등불빛 아래 민물고기처럼 누운
가난이 부른 노래는 시작의 음계를 짚는
선율일 뿐이다

新 금강별곡 7

눙치고 앉은 겨울 장미 실핏줄까지 얼어
계룡스파텔 담장에 척하니 기대어
하늘을 본다

길은 늘 꿈같이 걷다 깨고 일어나
하루를 너는 마음속에서
겨울 황태처럼 덕장에 매달려
신산할 때마다
바람의 깃에 매달려
금강 위를 헤매고는 한다

쓸쓸한 날에 배부른 아이 웃음만큼
포만감이 없다 정적이 키우는
어둔 그늘을 뚫고 강은
예나 지금이나 다름없는데
누구의 대금산조인지
달무리가 떨고 있다.

新 금강별곡 8

어머니가 깁는 그물코 하나가 공중에 얼개를
만들고, 그날부터 삶은 달팽이처럼
집을 이고 사는 중이었다
강을 다스려 담는 법을 안다는 것
유년의 기억의 한컷 비늘일 뿐
바람 부는 날과 눈이 오는 날과는
별개의 운율 같아서
미늘 같은 오늘이 덜컥
자물쇠를 채운다
울지마라 슬퍼지는 게 오늘만은 아니다
강을 끼고 산다는 것 그것이
허물을 덮는 것을 누가 알겠는가
꽃처럼 하늘거리다
엄동에 피는
인동초가 되고 복수초가 되는
금강 하굿둑 가끔 흐느적거리며
물질하는 소리가 들린다

新 금강별곡 9

강물의 결이 발치 끝에 이르면
그물을 깁다 물끄러미
허공에 눈길을 던질 때마다
한 발짝 높게 허공에 발을 딛고 선
달은 서슬이 퍼랬다

새벽녘 무거운 몸을 이고
대낚에 주낙도 풀지 않고 등을 보니
아비의 미망을 닮았다

강을 등지고 돌아선 어미는
젖을 풀어헤치고 늦둥이 젖을 먹이는데,
금강은 노을 그득한
아미타여래좌상의 미소를 이룬다

新 금강별곡 10

쓸쓸한 날에는 바람을 등지고 서면
바람도 등을 대고 돌아선다
금강은 묵은 가슴을 어루만지는
시절의 등에 기대어 버팅기며
신발끈을 고쳐 맨다
기호의 하늘은 아직인데, 강물 위로
진눈깨비가 내려 선다
설레는 갑오의 꿈을 등지고
대해를 향한 기호의 발원지
금강은 흑유로 빚은 도자빛 같다

新 금강별곡 11

비가 굵더니 진눈깨비가 되어
기호의 앞마당 동춘당에는
질퍽한 설움의 그늘이 졌다
마당을 쓸 채비를 서두르기엔
내려놓는 마음이 먼저다

금강은 가슴으로 받을 수밖에 없는
기호의 꿈을 접는다 끝없는 반복의
자멸의 선율을 안고
얼지 않는 가슴으로 살려고
발버둥 치는지 모른다

떠나간 사람들은
쌓인 눈을 밟고 어둠을 배웅하고
아침을 등에 지고
동춘당 길을 내려서는데,

강은 강대로 흐르고
아씨의 마음은
얼은 처마 밑 거미줄에 아직
직조되지 않는 비단이 얼고 있다

新 금강별곡 12

금강의 염도는 어미의 눈물과 같습니다

지워진 발꿈치의 지문처럼
혹은 강물 위로 몸을 던져 나리는
눈발 같은 삶의 허기가
기호의 처마에 고드름 맺힌 끝에서
물방울의 명징함이 정수리를
향해 투과되는 동춘당의
문고리를 잡고 흔드는 바람일진대,
쩌렁한 기침소리는 어디가고
조악한 햇살 한 줌이
애기 팔뚝처럼 파닥거리며
댓돌 마루에 앉으려
애를 쓰는데,

담모퉁이에는 한 여인
하이쿠처럼 보입니다
사랑도 면도날 같습니다

新 금강별곡 13

돌멩이에 빗기는 목발은 유년의 폐허로부터
함께였었다. 원근은 시간의 추이에 따라 다르다
포대화상처럼 웃는 겨울 잎들은
얼어 화석이 되었고,
고드름, 굳게 닫힌 아씨마님 툇마루 위에
겨울 대봉이 햇살에 졸고 있고,
댓돌 아래 패인 사랑에 가슴은 시린
당신의 족적임을 안다

역천을 꿈꾸다 갑오년에 죽은 원귀들이
직벽이 되어 기호의 사랑을 기다린다

新 금강별곡 14

쓰러지는 연습을 하련다. 김수영처럼
시를 허기져 써본 적이 없고,
간드러지는 이생의 기쁨을
허공에라도 적어본 적이 없다

'금강에 노젓지 마요' 시장을 떠돌던 장돌뱅이의
궁색한 하루의 등이 새우처럼 굽어져 가는
물렁뼈는 화석이 되어 쌓이고, 퇴적암에는 탄화볍씨만큼
작은 나의 사랑이 최소치의 숨만을 지키며
쓰러지는 연습을 하고 있다

김수영처럼 혹은 신동엽처럼 그들이 뭐? 하면 할 말이 없다
헐거워진 삶을 깁다가 주저앉아 먼 강을 쳐다보면
그때마다 다른 이야기들을 쟁기질하는
쟁기꾼들의 하루 품이 이해되는 금강가에서
공후인 소리를 듣는다.

新 금강별곡 15

흠을 잡아야 사는 날이 있다 아이를 지키기 위해
아파야 하는 적층의 오늘이 있어
허접한 제문을 읽는다 금강 하굿둑 어디쯤
노을이 반개한 아미타여래좌상의 미소,
가끔 서럽게 묵은 기호의 이야기를 하지만
닫힌 동춘당 문은 겨울을 나고 있고,
지나치다 말고 나는 담장 밑 대봉에 화들짝 놀라
까치처럼 절뚝거린다

허울좋은 빈 무덤을 들여다 보며
보리내음 나는 바람을 킁킁거리며
삘기꽃처럼 하늘거리는 나의 부끄러움을
아이들을 떠올리며 참는다

금강경을 읽으면 나의 죄, 갈대를 홀 삼아 휘적거리며
바람을 비껴 눈물을 흘려 보낸다 무표정하게
흐르는 금강은 돌아보다
노을의 결이 지금부터 진양조로 흐른다

新 금강별곡 16

붉게 흐르는 저녁 어스름을
밟고 공중에 오르는
하오의 기억은 노을이, 희멀건 웃음을 짓는
낮달에게 불콰한 술내음을
쏟아 놓는다

그예 가신 그 길을 걷자면
금강이 사무칠 터이고
노을에 얼룩져 어깨를
들썩이는 당신,

'울지마라' 서녘을 향한
기러기같이
길은 마을에만 닿는 것이 아니라
공중의 설움과도 닿은 것이니
쓸쓸한 눈발이 짙어지는
저녁 한날을 기해,

사랑한다고 내 다시 살아오더라도
사랑한다고 고개를 주억이며
춤을 추는 허수아비처럼

가을걷이 끝난 벌판에
저녁 어스름 속으로 숨는다

新 금강별곡 17

걸려온 한 사람 전화가 우암의 기침 소리 같습니다
잠깐 혼몽에 바람을 따라
사부작거리며 쌓인 눈길이
아씨마님 옷고름처럼 하얗다고 생각했습니다

별당에 내려앉은 별빛에 의지해
소리를 쫓아가면 문풍지에 붙은
시누대 잎은 기호의 염원이 되어
서슬 푸르기만 합니다

곡진한 나라사랑이 한 여인을 향한 깊은
절망이 빚은 달항아리 속 비원 같은 것
아직 이른 새벽 동춘당 경내가 어둠만
출렁거릴 뿐 아직도 인적이 없습니다.

新 금강별곡 18

살포시 내린 것이, 지나간 당신의 발자국이 보입니다
한때, 강가에서 예쁜 발뒤꿈치를 드러내던
아씨 같은 풀꽃이
하늘거리며 바람을 지치고 있을 때
서러움 짙은 마음,
물 위를 뛰노는 황금빛 노을의 비늘에 숨어
울었습니다

그 후 얼마나 되었을까요
금강에는 당신과 나의 약속이 별자리가 되어
수몰되었습니다 자라가 가뭄 든 강 밖으로
몸을 드러내 누운 자리에
반지 한 쌍처럼 반짝입니다

新 금강별곡 19

용머리 기와를 바라보다 돌아왔습니다

문고리를 열지 못하는 동춘당 처마에
매달린 고드름을 타고 정수리를 가르는 가르침
하나가 서설을 밟습니다

허공을 밟고 흐르는 중에 어느덧
금강에 이르고, 부서진 별 하나
부스러기처럼 줍습니다

아직 사랑이 저물기는 이른
강가에 시린 별들이 개똥벌레처럼
물 위로 꿈처럼 흐릅니다

新 금강별곡 20

말 한마디 건네기 전에 뒤를 등진
강물에 흘러가는 마음
짙은 황혼녘 벌판 겨울걷이처럼
쓸쓸한 추수의 화풍
금강에 살던 시인은 그냥
활자 속에서 나올 줄 모르고
용머리 능선에 출렁이는
기침 소리는 전절하는
붓질 같아서
계룡이 그려지려나 무작위로 떠도는
도공의 설움이 깃들어
결이지는 금강은
춥다, 빈 배를 저어오는
울보시인은 아니고 붓짐을 풀 듯이 이야기를 내어놓은
겨울 강가를 떠도는 강태공들의 눈길에
묵은 가수의 허스키한 젖은 목소리 같이
밟히는 사랑이 아직 멀다

新 금강별곡 21

서둘러 가는 그믐밤 뒤는 없다
당신의 집 앞 처마에는
등도 없이 달만 고즈넉했다
별당에 흔들리는 실루엣에
하염없이 애처러운 기다림이 사랑

얼마를 걸었나 목발에 얹은 체중이
미안하다 가운데 옴폭 패인
장독대 뚜껑 위에 쌓인 정화수가 얼었다

호롱불 급하다 꺼진 뒤에 용머리 와당 위를 밟던
달빛은 철새 두엇 등을 타고 떠나고

먼동이 틀 무렵이면 마지못해
일어나 마당을 쓸던 낯선 머슴들이
별당아씨와는 무관한 듯 늘어진 하품하며
종종걸음을 치는데,

서둘러 동지*를 닮아야 할 모양이다
설움을 밑둥에 넣고
춘분을 기다리듯이 가다보면 닿는 금강

*동지는 산천의 나무 밑둥에 물을 가두고, 춘분이 되어야 밑둥의 물기가 산천에 뿜어지는 것이다.

新 금강별곡 22

한숨처럼 무너지던 별당의 아씨 마음을 뒤로 하고
나라님 뜻으로 유배 가던 날처럼 눈이 녹았습니다
추적한 세우(細雨) 나룻터, 금강 품에 안겨
하염없을 날수를 가늠하며 용머리 기와처럼 울었습니다
먹장구름 몇 밀치며 나온 달은
가도가도 육지를 보이지 않았고
썩은 나라의 당쟁의 원흉으로 알려지게 되었습니다
그것이 뭐라고, 별당아씨 매달리는 처마 밑 기둥에
줄을 매달아 손잡이라도 해줄 것을
풍경이라도 매달아 줄 것을 하면서도
고개를 돌리고 말았습니다

新 금강별곡 23

하루는 목발 없이 걷자고 마당을 걸었던 적이 있었다
뼈가 곧추서지 않으면 바로 설 수 없다는
설움에 하늘을 막막하게 올려다 보았다

지나던 잠자리 살풋이 내려앉아 내 어깨 위에
앉았을 뿐인데도 가을이 출렁거리고 있었다

새벽장에 도드라진 설움에 10원 장사를 하고
돌아서 가는 길에 지친 잠결에도
안심하기를 내일이 선물처럼,

수선한 오늘이 되지 않기를 바라는 모든
모든 가난한 이들을 위해 말구유에서 그분이 나셨다는데
별처럼 시린 오늘 새벽,

금강은 말이 없다 묵묵히 제 갈 길을 갈 뿐

이른 꿈들이 비스듬하게 결을 밀며 가는데
별당아씨 놓은 수 위로 나비 한 마리
팔랑거리며 앉나 보다, 새벽 이슬을 맞으면 안되는데
안되는데.

新 금강별곡 24

고봉 선생의 기침 소리가 쿨렁거리는 담장 안으로
우암 선생의 계면쩍은 헛기침 소리로 받는다
별당에서는 약과를 내어 올 참이고
한해의 어둑한 마당가에는 쓸쓸함이
분주하다

금강을 등에 지고 살던 이들이 동춘당에 들러
삼삼오오 이야기꽃,
댓잎처럼 발목을 감기는 근심 하나가 툭하고
떨어져 나오는데

"잊지 말잔다" "세월호"를 "잊지 말잔다"
위정자 두엇 핫바지에 방귀 새듯
다녀간 표도 안 나는 오늘 노오란 나비
한 마리 어깨로 내려 선다

新 금강별곡 25

대작하는 술잔이 누구를 향했는가에 따라
격이 달라진다고 자리를 탐하지 않는
선비도 대전에는 있었다.

평생 벼슬에 들지 않으면서도 사세구효의
문중을 이끌며 지역에 후학을 배출한
어은공, 갑천을 돌다 도룡동에 이를 무렵이면
그가 생각난다 가는 비가 많은 포구라고
지어진 이름 세우*
거참 벼슬에 들지 않고도 그러할진대
이 시절 부모 등골에 달라붙지 않고
기부하는 사람은 몇이나 될까

오늘은 5.5 닭갈빗집에서 주거니 받거니
낄낄거리며 웃다 한기에 놀라
가슴을 추스린다

*細雨 : 도룡동의 옛지명

新 금강별곡 26

술에 취하면 달을 취하기 쉽고
사람에 취하면 눈길에 머물러
하늘이,
가늠되어지는 하루가 있다면
툇마루에서 멀리 보이는
신안동 개천에 핀
망초순처럼 하늘거리겠지

휘적휘적 걷는 달은 새 두엇 손사래 치듯이
하늘로 오르게 하는데,
붓질한 하늘에 코발트 빛이
반지 모양으로 생긴 것이
청첩장 올 모양이다

新 금강별곡 27

臣下는 꽃같이 살기 싫다는 뜻일 게다

기호의 하늘은,
예를 논하는데 자유로울 수 없다는 것을
도도하게 흐르는 금강은 알기에
동춘당의 문은 활짝 열리지 않는다

삼남에 뿌리를 둔 눈발은
저항하지 않는 산세에
깊숙한 마음을 내려놓고
부화가 치미는 하루를 살며
입술을 깨물며 참는 것은

몸으로 기억하기 때문에 분루를 삼키며
금강변에 빗살무늬 지문처럼 한숨으로 내려서는
오늘인 것이다

新 금강별곡 28

무리가 결을 이루어 흐르던 금강이
어스름 속으로 숨더니
급기야 족적을 지웠다

갑오년 설움의 기억을 지운 것이다
세월호의 흔적도 지운 것이다
33번의 타종이 서럽다

간혹 슬프다 헐거운 주머니를 떨며
집을 향해 가던 흔들리는
가장들이 갑천(甲川)을 지나 도룡동에
이를 무렵이면,
먹먹하던 가슴이 조금은 헐거워 지나보다

흔들리던 발길이 조금씩 정돈되어지고
입술을 깨물고 참으며
금강은 새벽 내내 그렇게
족적을 지울 모양이다

바람에 진눈깨비가 성기어지고 있다.

新 금강별곡 29

담장 아래 그늘 같은 지난해는
묵은 갑오년 원혼들에게
바다가 뒤집어지도록 용왕제를
지내고서야
흐르는 금강의 연원을 묻는다

말없는 울음이 강기슭에
갈대들의 어깨를 흔들고,
지나온 오늘이 미늘에
걸려 푸득거리고 있는데,

낚시꾼 두엇 어깨를 쿨렁거리고 있다.

新 금강별곡 30

기호의 별의 발원지는 삼현대(三賢臺)에서
흘러 회덕 송촌동 머물자
나왔다는 것을 아세요
정릉동에서 회덕까지 떠나온 족적에는
쌍청당 송유 혈에서 맥이 시작되었고
스승인 사계 김장생은 스승이자
어머니의 남매인 김은휘의 아들이었지요
왜 이리 장황하냐구요 유년기와 소년기에
율곡의 문하에서 기호의 꿈을 받았고
사계는 예학의 종장이 될 것이라
예언을 했지만 첫 부인을 사별하고
별당아씨를 만나기 전까지,
북벌을 꿈꾸다 겨울이 참 멀다 하였습니다

금강을 끼고 몸을 풀던 계룡산 발치 끝에서
그예 하늘을 바랍니다

新 금강별곡 31

얼마를 걸을지 얼마를 걸었는지 얼마만큼 왔는지
노을진 금강가에 얼음 같은 하루입니다
지쳐 물 위로 치솟지 못하고 눈만 깜박거리는
물고기 눈이 점멸등처럼 외로운 오늘
헛헛한 억새는 누렇게 떠서
아직 이른 저녁별에 그리움 한 첨
없고서야 비로소 별당에 불을 밝힙니다

"진지 드셨지요"

新 금강별곡 32

소소밀밀하면 공간의 여백이 열리고
천공에 손톱을 매달아도
달이 되지요
얼은 강 위로 마음이 붕어눈처럼 깜박거리고
점등을 하지 않아 오르지 못한
천공의 대 풍경으로 울어도
동춘당 별당 애기씨 새록잠을 일으키고
사득거리는 발자국에
봄냉이가 나온다

新 금강별곡 33

"두려우냐 잊혀지는 것이"라고 흐르다 결이 지는 금강을 보고 묻자
빙긋이 웃으며 눈만 깜박거립니다 길은 가다가 사람을 이고 서지만
물은 결이 지고 바다가 뒤집어져야 비로소
풍어로 바닷속을 보여줍니다

"두렵습니까" 라고 묻기 보다는 뜨거운 한여름 시장을 돌며
흘리던 땀과 막걸리 순대 한 접시로 허기진 배를 채우던 기억으로
차가운 창살 안에서 있는 이들의 웃음을 보여줍니다

간헐천으로 끓는 가래 같은 세상의 부조리는 가늠쇠가 풀린 듯하고
환하게 웃으며 건네던 그들의 악수와 우정이
소한에 매화꽃 멍울처럼 단단해 집니다

新 금강별곡 34

강가에 앉지 마라 쓸쓸한 것도 하루다

공중에 밟히는 구름이 자꾸
허기져 쳐지는 것은 오늘을 사는 이들의
슬픈 눈길로 인함이니
그 누가 있어 위로가 될까

금강 하구에서 물길도 눈물이 차올라
멈칫거리며 탁해지는데,

봄은 아직이네
금강은 기름처럼 흐른다 여래 후광처럼 노을을 품고
용암처럼 굳어간다

新 금강별곡 35

하루 벌어 하루를 살면서 허리는 그저 바람불면
휘는가보다 하고 살던 시절이 있었다

꿈이 휴지가 되어 자꾸 소보로 빵처럼 보이던
그 시절을 지나 이제는 굽어진 마음을 펴서
시를 일꾸는 사람들은 금강가에서 살아라

말없이 보자고 해도 그저 눈길 속에
웃음이 자라는 시누대 같은 마음,

긴긴 겨울 새벽빛을 맞아라 댓잎처럼 서슬
푸르게 미망을 가로지르는 검기(劍氣)로
살 일이다

新 금강별곡 36

한 줄로 표현한다고 선명한 것은 아니다
눈길 한소쿰이면 태양만큼 뜨거움을
준다, 그립지 말 일이다 모두들
강에 던지는 그물마다 가득하지 않듯이
누군가를 그리워한다는 것은
금강 위에 생을 얹은 이들은 안다

'보시'라고, 하루를 그저 물끄러미 응시하는
토방 위에 벗어논 고무신 같은
모빌의 태양 칸딘스키의 절망 같다

누구든 바람 부는 쪽으로 설움을 삭일 거라던
늙은 어부의 한숨이 던지는 투망에
살찐 물고기들이 몸을 부대끼며
자본처럼 잉여되고 있다

허기진 새해 가운데

新 금강별곡 37

대선칼국수에 가면 금강의 향이 묻어난다
쫀득하게 썰어놓은 수육에
찰랑거리는 막걸리, 눈길이 벌써 노을처럼 그윽해진다
아니, 농익은 노을을 보았다

길은 녹아 싸리눈이 내리고 있었다.
흐물거리는 하루가 부호처럼 떨어지는데

조금씩 점진적으로 어둠은 더듬이처럼
외로움을 건져 올리고 있었고,

영동 민주지산 근처에 금강 휴게소의 어스름
깃을 치나보다 아직도
숨은 길이 있나 더딘 새벽이 가까워 온다

新 금강별곡 38

대전은 기호의 심장입니다 인문학은 새로운
대한민국의 미래입니다

구호 같은 말이지만
역천을 꿈꾸던 먼 과거의 일이 지금의 새로운
인문학을 만들 것 같습니다

'동춘당, 어은공, 우암, 사계' 조금 물길을 타고 가면
논산에 윤증 고택 앞에서 겨울
대봉이 빨갛게 익었습니다

불편한 세상을 향한 눈길과 몸짓이
기호라서 대전이어서 좋습니다

新 금강별곡 39

기억도 가물한 크리스마스 같다
텅 빈 어둠의 질감은 고양이 같았지
통증을 참던 깜깜한 병실 더딘 일상이 진부한 눈길 속에
번지던 물기가 성에 같았던, 혹은
흐르는 물 위에 똑같은 것은 없다던
희랍의 철학자의 설법은
천천히 임하는 금강의 물길 같아서
기초처럼 막막한 물길 속

그림자에 나비 한 마리 그냥 물끄러미 웃네

新 금강별곡 40

시인의 기도는 일그러진 겨울 숲길의 전나무가지 같다
찢어지는 소리는 들려도 모습은 숨어서 보이지 않는
시는 그러하다
한 호흡으로 사는 금강은 여래의 웃음처럼 한결같다
찾아온 손님에게 들려줄 소리보다 차 한 잔
건네듯이 시처럼 사랑도 기껍다

新 금강별곡 41

대한지나 실상사에 청매화 몸살을 앓겠다

하늘 귀퉁이 쪽빛 구름을 품은 몸에는, 고운 님의
살아생전 꽃신에 그려진 꽃 같아서
금강을 등지고
신성동 고개를 넘을 즈음
눈물이 난다

소쩍새 허기져 울던 남도의 고즈넉한 봉당에
발 씻을 때 끼었던 따순물 같이
어린 햇살에 먹장구름 그림자 마냥 흔들리더니,

오지마라 비야 이 밤이 가기 전에 장마 같은 설움 가득한
아씨마님 깨일라 비야 지붕 위 밟지 말고
금강 위로 내려서거라

新 금강별곡 42

물 내음이 나요 어느 스님 먹다만 찻물처럼
호로로 새소리가 지나가고
풀잎들 몸 부비는 소리도 들리고
그러다 문득 머릿속에 찾아드는 생각들

사람의 형상을 그리고 대청호 밤길을 더듬던
금강에 어리던 달빛을 되돌이켜요

가는 길마다 맺히는 게 서럽긴 하지만
사람 향이 짙은 오늘, 부대끼는 중에
어찌 다 말을 전할까요

코고는 소리처럼 물길이 쿨렁거리며 설움을 참는데
언젠가 무릎에 누워 별을 세다가
그 사람 눈 속에 든 별을 세다가 스르르 잠들며
서러운 날을 참아내던 시절이, 시원찮은 무릎처럼
마음이 저리면 빙긋이 웃으며,

'호젓한 금강을 걸으랍니다 둘이서만'

新 금강별곡 43

"살펴가셔요"

슬쩍 소매깃이 접힌다
입춘 근처 금강변에 파동이 인다

피리 불듯이 흔들리는 음영이
불립문자, 고즈넉한 산문 밖

매달리는 하늘수박처럼
메마른 시절이 평온하다
아른 거리는 초입에 선잠처럼
봄날은 온다

新 금강별곡 44

살짝 어깨를 빌려주세요 입춘 전에 바람이 추워요
허투루 흔들리는 꿈결 같은 지나온 길이

지워지는 순간 강물에 새들이 흘려놓은
연서들이 노을빛에 황홀하게 타오르고,

계룡스파텔 산책로에 서서 금강의 하늘에
홀린 눈길로 백발의 부부를 보아요

지금쯤 동춘당 머리 위에 내리던 비 부슬부슬
흩뿌릴라 참이면 별당아씨 호롱불 끄겠네

新 금강별곡 45

'서포의 도룡동 "세우(細雨)"라지요'

진눈깨비에 어깨를 꺾던 전나무
뭘까요 뭐가 그리 가슴에
시리게 다가왔을까요

새벽 4시 신성동을 지나 전민동 어귀에
꼬리를 길게 문 혜성이 지나치는데
어느 소년 문사가 태어났나 봅니다

흔들리는 몸짓에도 가갸거겨
어머니를 그리다 맞는 아픈 해후 같은
글씨가 을씨년스럽게
툇마루 처마 밑이 무거운데

뒤에서 보듬는 바람은 입김이 따스합니다
한 사람의 깊은 울음을 만나
애처러워서 그랬나 봅니다

新 금강별곡 46

역사 인근이라 사람들이 많았을 거예요
맛집이 많은 전민동, 유년의 서포
김만중이 살던 곳

어은공이 살던 어은동에는 휘적휘적 가면 지척
동춘당에 이르기까지 한참은 그럭저럭 하룻길이지요

오가는게, 새들도 오가고 금강이 물길로 오가고
무심하게 부닥친 오늘이 수심이 가득한
기호의 얼굴이 물 위에 쓰는 불립문자처럼
보이는데

날이 춥다 마지막처럼 젖몽울 앓듯 꽃이 멍울진
봄날의 나무 밑에 누워 서럽던 것처럼 그렇다

新 금강별곡 47

술이 사람을 먹었다 흩날리던 눈도
지천을 돌다 숨을 멈추고 공허한
허공을 밟고 흔들리는 눈길을
마주친 밤이다

동춘당 고즈넉한 마당에는
누구도 밟지 않은 기호의
서설이 잠들어 있다

금강에서 발원한 길은 생명길이다

누군가의 오래 묵은 보시처럼
쓸쓸한 세상에 눈이 오면
기도 같은 출렁임이 있다
오늘은 정물이 되어도 좋다 그런 역사성이 좋다

新 금강별곡 48

간혹 이렇게 서슬 푸르게
적막을 향해 견줄 때

누가 나를 온실 속 사람의
도움으로만 살았다 할 것인가

몹쓸 사람, 그냥 지나치지
기어이 내 그림자를
공중에 부리고

무던한 마음으로 선술집 앞까지 어지럽던
발자국을 지우고, 바다가 뒤집어지는
때를 기다리겠다

新 금강별곡 49

매달린 대봉처럼 초겨울 갑사, 돌담길에
까치밥 같은 하루가 매달려 있었다

'울지마라' 네 사랑이 깊다
떠나간 가족을 향해 눈길을 주지 말아라
흔들리는 동춘당 어느 툇마루
그림자 같은 것이 천륜
설이 다가오는데 밥만 달라고 하는데
'그랬구나' 새벽, 이명처럼 울며
내 속에 허기의 실체를 알게 되었구나

청배추에 밥을 싸서 먹고 싶은데
눈물이 나네, 열다섯 세상이 싫었던
하늘에 그 달이 애닯게 닮아 있을 무렵

'까치밥 덩그러니 매달렸다 몸을 부렸다'

新 금강별곡 50

누워도 별이 보이고 서서 달이 보이면
살폈던 그 사람 물처럼 흘러서
지금쯤 대해 앞에 섰겠지

멈칫거리지 말고 강과 바다로 만나
몸을 섞을 때 아프지 않기를 바랄 뿐
사당 앞에 있던 까치밥
사라지고 솜털이 일어서는데
볕살에 봄볕처럼 어른거리는 그림자
홍매 여물었나보다

길은 하염없는데 물을 길은 없고
묻자니 동춘당에 훌쩍 몸을 부려야 하는데
쉽지 않네 쉽지 않아

문에 손가락 넣고 구멍 낸 자국에
얼비친 눈물이 얼었네
눈길이 얼었네

新 금강별곡 51

팔불출, 동춘당 담벼락에 기대어 쓴
햇살 빙그레 웃어도
웃다만 그늘 같아서 그래
난,
아이를 볼 때마다 빙그레가 나을지
헤벌쭉이 나을지 궁금하다

사람이 들고 난 자리는 우주만큼 커서
말없이 우는 중에도 맛이 짜다 눈물이
입 돌아갈 묘비석도 없이 누워
꿈을 꾸는 바람인 것이 시인,

결혼하지 마라 시를 쓰려면

新 금강별곡 52

발목이 삐끗하니 당산나무에 얼비치는 노란
리본들이 리본들이 말없이 흐르는
금강의 결을 닮아서
길게 드리운 낚시는 끝날 줄 모르네
묻다가 만 말은 천리를 지척에 두고
나의 사랑도 이제는 그만
잠시 내려선 뜨락의 조악한
이파리처럼 혹은 나비되어
팔랑 내려앉네

강은 그녀의 눈이다 알 수 없는 깊이를 가진
'심연이다' 라는 것을

새벽 강에 나가서야 알 수 있었다

新 금강별곡 53

간절하면 버들 솜털에 스친 것처럼
재채기를 하지요
사람이 사람을 만나 인연의 결이 되어
금강처럼 흐른다는 것이
작은 손바닥 지문처럼
휘돈다는 것을, 오다만 눈과
바람을 등에 지고 쫓기듯이
들어가 차 한 잔에

속 든든한 웃음을 포대화상의
선물처럼 들고 나오는데

뭘까요 먹은 개성 백숙의
맑은 육수처럼 느껴지는
삶의 또 다른 이면이
살만한 세상이라는 것

그것

新 금강별곡 54

꿇은 무릎은 어둔 기류를 타고
하늘 중간쯤 내 허물이 있는
그곳에 발원되어 오르고

강은 그저 말없이 내 기억의
허물을 안고 떠나네

별이 쓰러져 깜박이는 게
시커멓게 탄 기다림이
하얗게 질려 너의 담벼락
앞에 쌓인 연탄처럼 기대어

봄볕 따듯한 날

노오랗게 꽃을 틔운 채
웃고 서 있었다

그러나 오늘은 아니다

마지막 추위에 옷깃을 여미며 남은 원금과 이자를
내려 가는 소제동 어귀 길 건너 헌혈차가 보인다

新 금강별곡 55

하루는 아침에 집을 나서는데 강아지가 한참을
안쓰럽게 쳐다보았지 코끝에는 작은
토끼풀이 묻어 있었고, 검은 눈망울에 촉촉한
코끝이 싱그러운 아침이었지

하오에는 아침을 기억하며 집을 들어서는데
개집 안이 텅 비어 있었다. 아직 이른
털갈이에 잔뜩, 강아지의 몸부림이
남아 있었다

백구를 부르다 말고, 한참을 아버지의
안방 문을 노려보는데
쏟아지는 눈물이 그냥 이유가 없었네

삼킬 때마다 목젖이 타는 것이
사랑이라는 것을 알았고
실루엣처럼 건네는 마음이라는 것을
알았던 그때가 대목장이 서는 날이었다
마흔 해 지나 지금에서 알았다

新 금강별곡 56

한 사람을 위해 깊은 울음을 참는 것
'부끄러운 것'이 아니라고 떡살가루처럼
엷게 부서지는 비를 맞으며 생각했습니다

한여름 목발에 의지해 뜨거운 시장을 돌며
포대화상이 재림하기를 바라는 마음이
가득했습니다

힘없고 설움이 가득한 풍선이 하늘에 이르러
히쭉거리며 웃는 중에
물기에 목발을 놓으며 넘어져 오체투지
넘어졌습니다

길은 내 등을 밟고 이어져 힘없고
허름한 이들의 명절을 향해
한 줌 햇살처럼 이어졌습니다.

오늘 아들에게 순댓국밥 한 그릇이 절실할지 모릅니다

비 오는 날 쓸쓸해 생각나는 국밥 한 그릇을 떠올리는 것
아이에게 시인의 허기가 닿았나 봅니다

新 금강별곡 57

추녀 끝에는 고드름이 녹고 있다

눈물이 시리면 저리 맺혀 '투명해지나 보다' 라고 알았었다
말을 잃고 담벼락 밑을 헤매는데

용머리 그림자 속으로 달이 숨었다. 어미는 아직
뜨거운 국물에 몸을 부린 떡살에
눈물과 함께 먹는 것이 유년이었다면

오늘은 하염없는 아이의 비원만이
'삶의 방향성'이 되는 하루라는 것

누가 있어 부정할 수 있을까

배를 띄우지 못하는 강은 그저
빈 바람을 데불고 떠나고
흐를 뿐 나의 시름도 멈춰서서 더디게
그리 할 뿐

新 금강별곡 58

유년의 주산을 배우다 보면
'떨고 놓기를' 하는 대목이
처음이라는 말이다

기다리다 보면 기다리다 보면
목이 마르도록 기다림을
익히다 보면 어느 순간
걸쳐놓은 지게작대기처럼
힘없이 넘어지며

떨고 놓을 때가 있다

바라보던 하루가 강물 같아서
결이 퍼지는 때를 기해 허기를 메우고

'떨고 놓기를'

'한해의 시작점이자 출발점에
섰구나 그렇구나'

新 금강별곡 59

산등을 타는 검붉은 나무는
속살이 겉으로 흐르고
있었다

박달나무를 다듬는 아비를 보면
도낏자루를 새로 다듬어
한해를 길들일 모양이다

기호의 하늘은 계룡산을 넘어
유성에 이르고

갑천은 천기를 아는지 비를 가슴으로 받는다
누구든 한 사람을 받을 요량이라면

허한 가슴을 메울 나무처럼 사랑을 다듬을 일이다
누구처럼 누구처럼 울지 말 일이다

新 금강별곡 60

숙인 허리를 일으켜 세우며 공중에 9시쯤 일 것이다
거스름 없이 들어올리고
가볍게 허리의 반동으로 들이쉰 숨을 내쉬며
겨눈 장작을 향해 내리치면
강물을 거슬러 오르는 뱃머리처럼
등걸 하나를 결 곱게 찢어 냅니다

인연처럼
전민동 동사무소 앞에서 물끄러미
건너편 주택을 쳐다봅니다
흰점 하나가 공중에 점점이
허공을 밟고 건너갑니다

바람에 흔들리는 전신주 하나가
아픈 사람의 숨결 같습니다

조금씩, 조금씩 안단테로 흐르는
선율의 혈흔처럼 발광합니다
당신은 그렇습니다

좌심방 우심실, 우심방 좌심실에서

발원하여 발끝을 돌아 오르는
혈맥의 급한 호흡처럼 한 사람의 눈물을 기억하며
연어처럼 거슬러 오르는 작금에 이르러

사랑 한 첨이 얼마나 따듯하게 변화시키는지
알게 되는 것을 축복합니다.

新 금강별곡 61

꿈이 있어 화무십일홍, 강물 위에
살포시 얹혀설랑은
보드랍고 촉촉한 입술 같거나
파르르 떨던 눈꺼풀 위로 앉은
눈물처럼 구르는
새벽 기차역,

차가운 손처럼 잡히던 오늘은
그가 부르던 비가(悲歌)처럼
들리고, 혁명가의 눈물이
산비둘기처럼 운다

아름다운 무희의 손수건도 없이
고목나무의 뿌리처럼 패인 손에 들린 거즈는
피 냄새를 지우는 피날레 곡 같은데

사랑의 징표는 반지로 만든 목걸이 외
마른 입맞춤이 전부
혁명은 에로틱하다

新 금강별곡 62

가늠되어지는 것들이 있을까 마는
물오른 나무들이 새처럼 허공을
밟고 오른다는 것을 알았다

아침에 일어나기 힘들어 뒤척이는데
인기척이 있어 일어나 앉으면
아직 이른 먼동이 커튼 사이로
연어 떼처럼 산란을 일으킨다

이성의 이마는 시리다
누군가의 낯선 입맞춤이 잠을 깨우고
버들의 솜털이 눈부신
착란을 일으킬 때를 기하여
길을 나선다

금산 대원면을 향하면 금강을 바라볼 수 있다
머리를 풀어헤친 그녀의 웃는 곁눈질을
만날 수 있다

新 금강별곡 63

먹다만 술이 눈에 자꾸 들어오는 날이면
'문을 열어보세요', '저요?'
낮에 지인들의 목소리에 타이어 바람 빠진 채로
달려가 설 때 남은 나물 밑반찬
순두붓국 한 그릇에 정담을 나눴지요

가둬놓은 속에서 짙은 경험이 맺힌
말씨들이 통통 튀어 날을 잡았습니다
3월 11일 그날이지요 6시 30분 돈은 혼사 치른 분이
내기로 하였습니다.

혹 잠결에 계룡산이 금강가에 얼비치거든
잊지 마세요 쌍둥이 절이 있답니다

간혹 바람꽃처럼 사람이 보이거든 내 설움 한 줌을 쥐고 허공을 밟
고 올라가
달 위에 앉아 허름한 궁창에 별을 수놓은 것이 인연
한 사람을 위해 들려주세요 낮은 소리로

못 부르는 가락이지만 운율을 섞어서 안되면 유튜브를 찾아 들려주
세요

사라사테의 '지고이네르바이젠'의 절묘한
애절함을 들려주세요

그러다 내리는 봄비를 맞으면 금강가에 스멀스멀 도둑처럼 기호의
꿈
동학의 꿈들이 살아 오를 테니까 새삼 불온함이 안전하여지는
민초의 봉기 같은 나라사랑하는 마음이 깃대처럼 펄럭일 테니까

지금은 묻지 말아요 제발이지 묻지 말아요

新 금강별곡 64

최백호의 '애비'를 듣는다

강물이 흐르듯 한 사람의 인생이
부유물처럼 깊게 배인 흔적

공주 명학소의 혼령들이 깨물은 입술
사이로 흘러나오는 눈물 같다

밥상은 우리를 축복하지 않는다

어둡거나 침묵이거나
허기진 내일을 위해 참고 씹는
유년의 추억
시가 아니어도 좋다 유행가라도
베비적삼을 헤치고 젖을 물리는
유년의 포만감일 수 있다면
최백호의 '어미'면 어떻냐

유튜브의 어느 부족의 가슴을 쥐어뜯는
음악을 무한 반복하며 오늘의
허기를 참는다

新 금강별곡 65

보내고 나면, 서쪽으로 달은 기울고
달맞이꽃 겨울에 실없이
웃고, 하늘거리는 중에
눈물을 깨물어 삼키면 새 두엇
고향을 향하네

밤새 안녕이라는 말을 하지만
먼동이 터오는 밖을 보면
동춘당 아씨 별당 같다

무릎 베개에 오실 분을 향해 옷고름 곱게 여미고
새벽 물질에 금강 엷은 미소는
금빛에 젖어 보살 같은데
'한 사람' 밤새 안녕했으면 좋겠습니다

新 금강별곡 66

아이가 밀고 나간 바람에 찬바람 사이에 비 냄새가 묻어난다

금강은 지금쯤 강 밑을 더듬던 큰 고기들이
멈춰 서 잠이 들겠다 신은 달의 이면을 지고 산다
뜬금없이 내리는 춘삼월
눈 같은 비가 가르치는 것이다

언 땅을 향해 내리치는 괭이질에 굵은 땀이 흐르고 구색 맞춘
변명을 하지 않아도 진심에 맞게 자라는 생명들이 곧
대지를 넓히며 희망을 전할 것이다

누군가에게 가슴을 열어 보인 적 있는 이라면
눈물이 그렇게 동토에 떨어져 화석이 되어
보석처럼 빛나는 것을 잊지 않는다

新 금강별곡 67

불을 지펴야 불길이 일어나요 천공에 한 발짝 내어딛은
달빛의 발목을 보는 이녁 하늘은 서럽기만 한데,
어떤 놈은 꽃을 꽃으로 보고, 허기진 놈은
밤공기에 맞던 님의 향기로 보고
그러다가 걷던 어둠길이 저의 '그늘 속이었다'는 것을
세월이 지나야 느끼고 금강 물길처럼 흐르다 멈춰 서서
보름인 것을 알면 잃은 마음 한켠에 부럼처럼
깨무는 애오라지 사랑,

짚섶에 불을 댕겨라 하염없이 손을 잡고 돌며
솟구치는 불티처럼 마지막 불을 댕겨
황혼의 뜨거움이 산천의 여린 순들을 깨워
대지를 침략하여라 봄은 그렇게 행군한다

新 금강별곡 68

한해 쿨렁거리며 살았다
버들 솜털처럼 간지럽던 스무 해 그쯤
멎어 버린 기억의 편린(片鱗)을 줍고
금강가 유독 많은 사금파리를
줍는데, 커다란 자라 한 마리
느긋하게 걸어온다

사금파리로 빗살무늬 혹은 민무늬토기로
갑주를 입고 휘황하게 오는데
눈빛은 정치 9단 같다

나의 사랑은 산천을 태우던 노을처럼 마지막 타오르다가
어둠의 깃과 천공에 별 하나 매달린
사막의 밤처럼 시릴 때를 기해
한 줌의 꿈으로 부려놓고 싶다

강은 무릎 베게를 한 물길 위해
브람스의 낮은 더블베이스 음색을 하고
짙은 어스름 속으로 향한다

新 금강별곡 69

포구에 풀린 배는 비바람이 쳐도 밀려가지 않는다
누구의 길을 기다리는지 우수 경칩지나
애틋한 육자배기에 베적삼을 적시는 이별도 아닌데

깨어날 줄 모르는 멍울 꽃 금강은 보듬은 배를 보내지 못한다
유년의 자다만 어느 날처럼 황혼이 계룡산을 치달려 오를 때
노염이 풀리는 강어귀에
그늘로 사는 세월이 언제인지는 몰라도
스산한 기호의 바람은 아직이다

그 누가 있어 기호의 꿈을 틔울 것인가

옥천 어디쯤 청매, 소식이 없다 아직
민주지산에서 불어올 기호의 바람은 아직
한적하다

新 금강별곡 70

해장국 한 그릇 했습니다. 부여잡는 손도 따스했구요
간혹 홀리듯이 들리는 민심의 방향성이
침묵하는 기호의 깊은 심중 같기도 하였습니다.

한참을 낯선 이들과 걷는데 잔디에 토끼풀이
싱싱하였습니다. 간혹 시장님도 보이고, 교육감님도 보이고
수행하기보다는 함께 걷는 이들이 서로 향하는
눈길이 같았습니다.

새벽에 붉게 달아오르는 태양이 초란처럼 고통스럽게
보여, 그 온기만으로도 오늘을 살고 있음을 알았습니다

살아온 날수보다 살아갈 날이 궁금한 이들이
잠을 떨치고 나온 아침이라 참 건강해 보이는
누군가의 아침은 그러하였습니다

목젖을 타고 넘는 해장국 한 숟가락이 난득호도(難得湖塗)
난득호도 하였습니다. 기호는 그리 권면하였습니다.

新 금강별곡 71

마주앉은 사람은 한 사람이다

소쇄원 마루에서 바라보던 백매화 바람에 태양의
비늘을 날리고 있을 무렵
퇴마루에 걸터앉아 모로 누운 머리를 받쳐주던 하염없는
눈길은 한 사람이다

밤은 라일락 향기를 포르르 날리며
눈물 나는 새소리를 들려준다.

깃을 치는 숨죽인 어깻죽지에 내려앉은
달빛은 한 사람이다

기억의 무덤에서 흘러 오늘에 이른
금강가에서 햇살을 쬐며 하염없이
풍상에 몸을 누윈 발치 끝에서
노송의 눈길을 피해 하늘로 향하는 지금도
숨소리는 한 사람이다

밤 깊은 그날의 입맞춤이 시작하여
대미를 장식하는 죽음에 이르기까지

흐르듯 지치지 않는 금강은

그녀의 깊은 머리칼에서 다가오는
짙은 밤꽃 향기가 한 사람이다

한 사람이다 한 사람이다 오직 한 사람이다

新 금강별곡 72

열두 살 성원이가 하늘을 가리키며 소리를 내고
우주와 시간이 삼라만상임을 아는지 모르는지
첫 글자로 쓴다 天

어둔 강가에 새 발자국 같은 붓글씨가
두서없이 흐르고 있는 중에도
하염없는 표정들이 지나고, 밖은
영하의 꽃샘추위가 한참이다

간간이 소리를 내는 입 모양에 웃음을 참는다
옆에는 닌텐도와 과자가 기다리는 중이다

누군가 옆에서 담벼락처럼 서 있는 것
저런 것일 게다 아니 그렇다

'시절이 있었다 우리도 그러한 시절이 있었다'

바람에 휩쓸린 배너처럼 자지러진다
갑천을 지나는 바람을 타고 눈물이 난다

新 금강별곡 73

며칠째 동춘당 출입을 금하고 있다

담벼락에 서서 길목을 지키는 바람
처마 밑에 이른 제비꽃
눈물 한 점 송알송알 맺혀서는
바위가 된 기억, 구멍을 내고
있는데, 이른 마음이
추위도 옷을 입기 싫다

목이 부어도 어쩔 수 없이 잦은 기침처럼
기억을 쿨렁이고 있다

사랑은 그렇다

新 금강별곡 74

찾아 갈래요 호박 넝쿨 사이로 환하게 불을 밝힌
호박꽃, 당신이 넘기던 책장 사이로 눈부시던
숨은 이야기의 행간을 읽어요

밤마다 눈을 밝힌 부엉이처럼
당신을 지키며 묵은 천공
허물을 벗는데

속살 드러낸 동춘당 마당에
하염없는 당신의 발자국
꿈은 아니겠지요

이러다 말 꿈이라면
'봄 도다리 쑥국의 김'에 쿨럭거리며
마음 한켠이 저려 앓겠지요

사랑은 그렇지요 그지요

新 금강별곡 75

'밖에 나가 죽어라'고 얼마나 헛헛했으면
풍경처럼 매달려 천공에서 우는
달처럼 서녘으로 기울었을까

천륜은 하늘이 굴리는 바퀴 같은 것
'미워도 다시 한번' 영화처럼
눈물을 훔치는데

가시내 살갗 고운 가시내
밤 내 도망가도 거기까지밖에 '못갔네'

당뇨 걸린 서방님 기름짜서 줄려고
매달린 목을 새벽 된서리 내리기 전에
'똑'하고 '땄네' 달맞이꽃

금강 하굿둑 어디쯤 '그랬네'
신새벽 누군가의 넋을 거두는 이들이
강 위에서 뿌리고, 아랫녘 강에는 물끄러미
눈을 맞대어 오는 치어들이 하는 말이

'이녘은 잘 있지요'

新 금강별곡 76

바람 불어 쓸쓸한 날이라고
비를 들고 쓸지 않으면
기억은 유적이 되고 만다

육자배기 가락에 넋을 놓고
앉아 씻김을 당하는
공중에 달을 보고
가슴을 풀어헤치고
첫 수유를 하던 기억이
오늘 같다

지쳐 모로 쓰러져 잠든 품이
허물어진 왕조의 담벼락 같은
설움이 진양조로 흐른다
서녘으로

新 금강별곡 77

이보게, 당산나무 그늘이 자네의 근심을 아는 것 같으이
시절이 수상하여 예를 논함에 있어
두문불출하다 묵묵하게 걸터앉던 동춘당 툇마루
아래 댓돌을 넘는 큰 지네 한 마리가
기름지기도 하고 빛깔이 고와 물끄러미
눈길을 주었네

밤꽃이 흐드러질 때 지켜보던 그 기운이 바로
저놈이지 싶더구만 작금에도 그런 놈들이 몰쳐다니며
언젠가는 백일하에 드러날 것을
공돈에 양잿물도 마시듯이
사초에 남을 짓을 해대는 것을 보면

'등골이 서늘하다네'

新 금강별곡 78

묵은 유적에 승천 못할 용린이 보이는데
그림자진 담장에 이끼 낀 기와는
가슴에 패인 물질로 울더라
철불의 복중에는 슬픈 언약이 숨겨져 있고
가끔 발등에 눈물만 두어 방울
종유석 위에 떨어지는 석유 같아서
누 집의 천년 한숨이
석청처럼 집을 짓는데
아서라 가슴 타는 소릴랑 하질 말던가
봉창 밖 숨은 그늘이 기다리던
님일지 모르니 빈말이라도
큰소릴랑은 내지 말그라
저무는 금강가에 고기 두엇
허공에 몸을 부리는데
아직 아직 이른 봄이 저만치
서서는 벙긋한 매화는
젖몸살을 앓기만 하는데
아직인가?

新 금강별곡 79

햇살이 설핏 비낀 장독대 사이로
천 년 동안 참았던 웃음이
지나간다

제비꽃 발등을 밟고, 흐르던 따스한 오늘
가난한 시인의 집에 성큼
들어선다

꿈들은 넥타를 마시고 떠난
차가운 신들의 비늘
허기진 세월의 유적에서
살다가 가없는 허공에 오르는데

달이된 마음을 아는 이들이
갑천을 휘적거리며 지날 때서야
아는 것

新 금강별곡 80

꽃이 피면 울겠네 담장 아래
보라색 저고리에 연둣빛
치맛단 아래 그늘에 숨어
자네 그리워,

'술 한 잔 건네주겠네'

강은 어느덧 이른 곳에서 기슭에 간지럼을 태우고
쓸쓸한 날을 위로하는데 자네 없는
금강은 그저 흔들리는
오늘일 뿐

등 보이며 떠난 그날이
오늘일 뿐

新 금강별곡 81

어제 만난 사내는 계룡산의
비밀을 많이 알고,
은유나 상징보다 직접 화법을
즐겨한다

딸 시집보내면서 제법 이문을 남기는데
부럽다 땅에 기대어 살다 설움이 깊어질 때
부표처럼 공중에 집을 짓는
시인보다는 가끔은 기호처럼 살다

부호처럼 공중에 올라 짙은 상징되거나
동토에 내려와 꽃이 되어
봄이 되어 살아도
좋다 까짓것

新 금강별곡 82

보라색 저고리에 연둣빛 치맛단 사부작거리며
몽글게 부서지는 태양의 비늘 한 줌에
서럽습니다

동백나무숲 날마다
목을 꺾는 흩동백 뒤로하고
묵은 고택 댓돌 아래 서럽게
서설랑 기다리는 분이

당신이군요

新 금강별곡 83

새벽 발자국 조악한 햇살처럼
한 사람이 오십니다
문수는 작아도 그 설움에
숙연해지는 새벽 같은 소리
이슬이 잎에서 멀어져
그늘로 들어가는 시간에
말씀처럼 앳되게 오시는
봄의 소리는 금강에 이는
물질처럼 고요 속을
건드립니다

인드라망처럼 그물이 되어 소소하게
'고백하십시오 지금'

新 금강별곡 84

꽃은 멈췄다 흐르는 게 금강을 닮았다

하염없이 돌이키는 게
시작이라고 새 두엇 가없이 나는데

꽃은 흐드러진 채 조악한
시절의 반추 앞에서
무릎을 접는다

오늘 살아온 날수를 돌아보라
당신, 구차하지 아니한가

新 금강별곡 85

불현듯 달려와 멎은 것이 오늘
강여울처럼 기호는
느긋하다
시를 쓰러 온 것도 아닌데 시가
내게로 왔다

사는 게 헐거워서인지
비릿하다

모두들 동안거 풀린 표정들,
간혹 사는 게 로또처럼
보이는 것은 밑둥이 일어서는
나도 모르는

살아 있는 것들의 몸짓이므로
부끄럽지 않기로 한다

新 금강별곡 86

바람에 한 사람의 눈물을 닦았습니다
꽃은 가지 끝에서 애처럽게
가슴을 끌어안고
팽목항을 향해 눈길을 주고
있었던 것 같습니다

4월은
토끼풀처럼 허공을 맴도는
바람 속에서 무리 몇
스산한 걸음으로
갑천을 지나갑니다

비는 사무치게 오는데

新 금강별곡 87

등꽃 아래 이른 새 울음
밝힌 등불 같다

그대 아직인가 푸른 시간이 지나간다

오늘은 빈대떡에 백일홍 지도록
익은 술이 독한걸 보면

슬픔이 깊은가 보다

新 금강별곡 88

새벽 어스름에 숫돌에
낫을 갈어라
아비의 등처럼 넓은 미명에 날을 세워 겨주며
투명하게 빛나는 윤기 나는 오늘의
허상에 발검을 하여라

일도는 배고픈 이들을 위하여
이도는 설운 자들을 위해
삼도는 스스로를 향하는

검날을 받으라

이제부터는 유리하는 신 부족의 사회
누가 있어 문명의 허기를
메울 것이냐

기호야, 기호야, 기호야

新 금강별곡 89

거푸집처럼 타박을 받지는 않아도
그리 반듯한 인생은 아니었어도
작은 풀씨로 살기는 하였다

보이는 것마다 화사한 꽃의 표정이
그늘처럼 쓸쓸히 헐겁게 걷고 있다

강은 나의 한켠을 받아 흐르고
이제는 발등만 바라보며
걷는다 달은 쳐다보지
않기로 한다

가시덤불에 화관을 쓰고
하늘을 우러러 부르던
작년의 팽목항에 불빛이

인광이 되어 떠도는 잔인한 사월은
그들처럼 가족을 잃었다

新 금강별곡 90

날마다 뉴스 보기가 겁이 나요
오늘은 누구의 주검이
만들어 질까요

세월호도 그렇고 어느
기업 회장도 그렇고

공중에 매단 살아온 날수를
같이 울어주는 이들이
있어야 한다면
그런 일이 없도록 닦아주는
이들도 있어야 할 것 같은데

하루에 하루를 더하고
또 다른 날들을 더하면
퇴적층처럼 쌓이는
모르쇠 단주가 없어질까요?

민심이 한번은 물방울이 되어
바위를 뚫는 날이 있기를
바라봅니다

갑오년 기호의 품은 뜻을 되새겨 봅니다

新 금강별곡 91

보내는 마음이 세모시 빛깔 같아서
천공에 매달린 설움이 등불이
되어 흐르는 초파일 금강 기슭에
멈췄네

아이와 나, 비스듬한 나한상처럼
세상을 향해 있는 것 같다며
꽃길을 걷는데 회오리를 탄
꽃잎들이 저만치 가고,

산정에 둥치를 내리는 용린의 선명함처럼
아이의 발치 끝에 누워
바위가 되어도 좋다 그렇게 그렇게 고향처럼
하루를 살다보면 주름진 어미와 굵은
새벽을 등지고 선 아비의
삶이 만나지겠지

이별은 가끔 행복을 준다

新 금강별곡 92

누군들 아프지 않겠는가 꽃이 지는데
바람을 타지 못하고
발치 끝에 누워 흐르는
꿈은 무덤, 살려고 버둥거리다
원혼이 되어 적은
추악한 이름이 기름진 빗물 위로
산자의 도시를 머금고
탄화미 같은 유적의 지층을 이루고 있다

옅은 하루가 질곡을 이루고
온통 죽은 혼백에 산 중달처럼
혼비백산하여 흩어지는 것이
가을볕 들 때 석청 같다

낄낄대며 웃는 원귀들은 비로 숨는다

新 금강별곡 93

꽃은 져도 울지 않는다
바다를 향해
몸을 던지는 빗물은
자신을 들여다
보지 않는다

부끄러운 어른들이 사는 세상에
이마를 대고 직벽의
기둥에 선 영혼들을 향해
"부끄럽다"고
말도 하지 말아라

비겁은 삼대의 족적에 남으리니
이름 없이 이 땅에
철마다 살아오는 꽃이 되고
울던 새들이 입술을
깨물고 울지 않는 원혼의
눈길이 무섭거든
잊지 말아라

민란의 시푸른 원혼들이 그저 있더냐

홑동백처럼 목을 스스로 꺾는
부모의 마음이 한반도를
불을 지르기 전에
제발이지 잊지 말고 위로하여라
말 바꾸기를 좋아하는 철새들이여
죽어간 혼백을 위로하여라

新 금강별곡 94

바다는 산, 발치 끝에 닿아있다
팽목항을 끼고 왼편으로
돌았던 이유는
꽃들의 산란이 시작된 백일쯤
어느 산사의 나비처럼
하늘거리며 하늘거리며
닿아있겠지,

아직 앳된 젖 냄새 그렇게 봄이면 사월이면
아지랑이처럼 피어서 민들레 홀씨처럼
공중을 밟고 천공에 올라

억울한 가슴에 바람을 삼키겠지
배는 늘 다른 길목에서 멈춘다
인양되지 않는 꿈들은
입술을 깨물고 있다
떠돌이별로 살면서

新 금강별곡 95

스님의 바랑 같은 꽃이 자꾸 어슬렁거립니다

계룡스파텔 호텔 옆 화단에 사시는
개량 양귀비,
낯선 향기처럼 선뜻 다가서기
힘이 들듯이

바람 자지 않는 나라 안 소식이
'답답합디다' 진실이 수장된 바다에
뭘 보러 갔는지

묵은 하늘에 억울한 한숨이 먹구름처럼
가는비를 뿌리기 시작하였습니다

新 금강별곡 96

천공에 곡비가 되어 우는 黑雨가 바다에 몸을 던지고
마지막 한 줌의 기운을 가지고
팽목항을 서성이고 있다

안녕하시냐고 묻는다 이른 하루를
사시는데 거짓 삶을 사시는데
다들 안녕하시냐고 묻는다

뿌리를 내리는
설움이 봉령이 될 때까지
언제까지 하실거냐고
오늘 하루는
곡비가 되어 나도
울어야 하나보다

꽃비는 4월의 잔인함에 더욱 아름다운데
갑천에서는 중증을 앓고 있는
건우가 마라톤을 한다

다들 먹먹함을 틔우는 꽃이 되려고 한다
금강은 그렇게 흐른다

新 금강별곡 97

작은 길에 제비꽃, 돌아온 길이
마을에서 멀어질 때
꿈도 멀어지고 말았다

지나는 바람이 등에는 마흔 해를 넘기는 일몰
보라색 유년의 기억이 되어
어둠의 그늘 속으로
숨었네, 숨었어

덧없음이 덧니처럼 자라 모자란 목숨을 이어주고
모두들 돌아간 상석 아래 음복주만
가득한데 금강은 결이 울지 않는다
아직 바다로 간 사람들이
돌아오지 않은 까닭이란다

붉은 꽃잎처럼 어린 목숨들이 아직인데
긴 잠결에 걷던 걸음을 멈출 줄 모르는데
문을 열면 들리지 않는
소리들이 들리는데 모른 척하란다
나라님이

新 금강별곡 98

참 멀리도 왔다 돌아보니
물처럼 그렇게 왔네

이름 모를 꽃들에게 이름을 묻지 않았고
다가서는 오늘은 늘 공경하였으니
옛 사람들의 법을 따르려
힘들었구나

낯선 오늘을 사는 분들이 내게 물으니 그것은
이미 선인이 묵언으로 내린 말이란 걸 알고
얼마나 부끄러웠는지

붉은 노을이 공중을 사를 때
삶의 비늘 하나가 타는 것이라는 것을
왜 몰랐을까

달 한 첨이 손톱만큼 가늘 때를 기해
문득 시린 눈물이 닿아오네

新 금강별곡 99

울지마라 니 아베도 그랬다
물끄러미 달 들여다 보는데
물길이 열린다

간헐천처럼 뜨겁게 밀려오는
물길이 내 속에 뜨거운
용암이 되고,

스스럼없이 저지르는 저 교만한
제단을 쓸어버리고 싶은 꿈은
하데스의 절망과도 같아
동춘당 지나치다
조선의 별을 만난다

서녘으로 기우는 동선이 하늘에 닿은 걸량 같은데
부러진 목발의 한켠이 쓰리다 진도 앞바다
밤풍경이 서러운데 혼자왔냐고
묻는다

新 금강별곡 100

당신, 참 무던하다 노래 한 소절 한 소절이
가슴을 저리고 낯익은 드라마에
눈물을 찔끔거릴 무렵, 공중을 밟고 하늘에 올라
별당아씨 한숨과 눈물을 받으며
500년을 산 '무던하다 당신'

용머리 기와에 이끼는 둘째치고
담쟁이덩굴이 암기와를 넘을 때
팽목항에 들려오는
울음을 알았던지

일 년이 지난 지금에도 눈물이 마르지 않는 것은
금강 기슭에 묵은 원혼들이 기어 나와
모르쇠로 일관하는 말없는 이들을 향해
불길이 될 수 있다는 것에 대한
대오를 이룰 즈음

불길처럼 살아오는 전봉준의 상투머리 상투머리
녹두꽃이 질 때면 너희들이 매달은 갑오의 원혼들이
새로 우는데 오늘도 어김없이
우는데

新 금강별곡 101

동춘당 용머리 와당은 새가 왔다가고요
걷다 보면 금강은 기호의 기슭에 닿아
지는 달에 묻은 새벽을 핥고 있습니다

서포의 허름한 편액 아래 댓돌 위에
마당이 들여다보이는 전민동 지나
해살거리는 도화꽃, 흐드러지는데
도룡동 예적 이름은 細雨

갑천을 끼고 돌아
어은공 오국현 선생의 문집에
살짝 들여다보이는데

비루 맞은 말처럼 계룡을 넘나드는
기호의 하늘 밑 별이 뜨기까지는
아직 이른 신새벽

꿈은 부스러져 천공을 밟고 올라
외로운 신원사의 달이 되었고

날마다 동춘당에 핀 잎새 위로 별이 타다만

얼룩이 보이고 못다 부른 기호의
노래가 백두대간을 여는 영가로
불려 지리라

삶의 결을 이루는 新錦江(신금강)의 노래

구이람 | 시인, 숙명여대 명예교수 |

1

박재홍 시인은 1993년 첫 시집 『낮달의 춤』을 상재한 이후 『사인행』 『섬진 이야기』 『연가부』 『물그림자』 『도마시장』 그리고 2인 시집으로 『동박새』 등 일곱 권의 시집을 펴낸 중견 시인이다. 그리고 『新금강별곡』을 완성하여 올해 한국문화예술위원회 장애인 예술가 창작활동 지원 시집으로 선정된 『新 금강별곡(錦江別曲)』을 여덟 번째로 발간하기에 이르렀다. 또한 그는 문인화와 서예부문에서도 높은 경지에 이르러 각종 상을 수상한 화가이며 서예가이다. 예술세계에 일가견이 있으면서, 어쩌면 시를 위해 다른 예술행위를 하는 것으로 보일 만큼 시에 뜨거운 열정을 쏟고 있다. 그의 연작시 『新 금강별곡』 101편을 천천히 읽으며 따라가 보기로 한다.

『新 금강별곡』은 흥건한 詩(시)의 마중물이 되어 쉼 없이 흘러가며 제 몸으로 다른 모든 불온한 현실성을 품어 안고 맑게 씻어준다. 때때로 빠른 속도의 문명의 비바람에 떨며 흔들리고 세월을 넘어 변화하고 새로워 지기도 한다. 보편성을 가진 말없는 강물을 한참 바라보노라면, 출렁이는 우리 인생을 그대로 반추하며 흐르고 있는 듯하다. 예나 지금이나 물은 모든 것을 감싸 안고 소멸과 생성을 되풀이하며 생명을 낳고 키운다.

우리 인생도 세월 따라 강물이 되어 흐르지 않던가. 이미 시화집 『섬진 이야기』에서 섬진강을 '사람과 하나'로 이뤄놓은 박재홍 시인은 이번에는 유장한 금강을 깊이 들여다보고 바라보며, 또 발을 담근다. 거기에 서려 있는 우리 민족의 살결과 역사를 별곡으로 체화하여 짚어보며 나아가 새로운 기호문학의 부활과 이 시대를 감싸주는 예학의 발전을 기원하는 염원을 『新 금강별곡』 전편에서 굽이굽이 돌며 잔잔하게 노래하고 있는 것이다.

> 기호의 별의 발원지는 삼현대(三賢臺)에서
> 흘러 회덕 송촌동 머물자
> 나왔다는 것을 아세요
> 정릉동에서 회덕까지 떠나온 족적에는
> 쌍청당 송유 혈에서 맥이 시작되었고
> 스승인 사계 김장생은 스승이자
> 어머니의 남매인 김은휘의 아들이었지요
> 왜 이리 장황하냐구요 유년기와 소년기에
> 율곡의 문하에서 기호의 꿈을 받았고
> 사계는 예학의 종장이 될 것이라
> 예언을 했지만 첫 부인을 사별하고
> 별당아씨를 만나기 전까지,
> 북벌을 꿈꾸다 겨울이 참 멀다 하였습니다

금강을 끼고 몸을 풀던 계룡산 발치 끝에서
그예 하늘을 바랍니다
— 「新 금강별곡 30」 전문

대전은 기호의 심장입니다 인문학은 새로운
대한민국의 미래입니다

구호 같은 말이지만
역천을 꿈꾸던 먼 과거의 일이 지금의 새로운
인문학을 만들 것 같습니다

'동춘당, 어은공, 우암, 사계' 조금 물길을 타고 가면
논산에 윤증 고택 앞에서 겨울
대봉이 빨갛게 익었습니다
— 「新 금강별곡 38」 부분

　위의 시편들에서 박재홍 시인은 '기호의 발원지의 뿌리는 금남호
남'이라면서 백두대간의 장안산에서 시작되어 주화산에서 끝나는 산
줄기를 보면 금강과 섬진강의 경계를 만들기도 하고, 금강과 섬진강
유역의 경계를 사람들의 이야기로 넘나들며 묵은 역사적 계보를 강물
처럼 술술 풀어내어 상세히 전하고 있다.

　경기와 호서를 아우르는 동춘당은 기호의 심장 역할을 해오고 있
다. 인문학은 용머리 와당처럼 깊디깊은 그림자를 드리우고 있다가
작금의 어지러운 현실적 작태를 다시 제자리로 되돌리는 동력으로서
이 시대에도 사람다운 삶의 기본적 대안으로 역시 손색이 없다고(「新

금강별곡 38」) 단정한다.

　충청의 젖줄인 금강은 예장사상의 문화와 전통이 굳건히 굽이치던 지역으로 수많은 충(忠)의 열사를 비롯해 열녀들의 학문적 정치적 꿈과 혼이 어려있으며, 아직도 곳곳에 기호학파의 사상적 골이 깊고, 또한 그 유물과 유적이 그대로 남아있어 선비정신의 당당한 긍지가 만연한 곳이다.

　그러나 오늘날 현대인들은 빅데이터와 알파고가 現身(현신)한 시대를 살아가고 있는 형편이다. 이에 생명의 존엄성이나 모성의 경건함, 그리고 영원성에 대한 가치체계와 세대간의 공경이 점점 허약해져 가며 유교에 대한 폄하와 냉담으로 인간관계의 기준조차 무너져 내려 예장문화의 가치를 널리 인정받지 못하고 있음을 안타깝게 바라본다.

　박재홍 시인 또한 현대인으로 살아간다는 것은 개인주의와 물질주의에 물들어 예학과는 거리가 멀다는 것을 잘 알고 있다. 시인은 "날마다 뉴스 보기가 겁이 나요/오늘은 누구의 주검이/만들어질까요//세월호도 그렇고 어느/ 기업 회장도 그렇고"(「新 금강별곡 90」)라고 토로하며 신뢰할 수 없는 위정자들과 사회적 불안을 가중시키는 사람들의 숨은 거래를 거리낌 없이 표출해 보인다.

　박시인은 밝고 정의로운 사회의 막연한 유토피아를 그리기 보다는 따뜻한 마음으로 이웃의 억울함과 불안한 미래를 일깨우며, 이웃의 슬픔과 아픔에 대해 무감각한 시대를 고발하고자 하는 것이다. 이는 예학의 가르침을 멀리 잊어버리고 물질에 현혹된 현대인에 대한 안쓰러움을 피력하는 동시에 그에 마비된 삶에 대해 경종을 울리는 노래

이기도 하다. 시인은 더불어 함께 살아가야 하는 공동의 장(場)인 우리 사회가 깊이 만연된 부조리에 의해 왜곡되고 있음을 직시하고, 이를 극복해 나가야 한다는데 동참할 것으로 기대한다. 연작시 "新 금강별곡" 전편에 흐르는 높고 낮은 장단은 바로 이러한 사회문제 해결을 위한 세대 간, 시대 간 통섭을 간구하는 목마름의 가락이며, 유장한 금강의 물결에 대한 시인의 믿음을 층층이 느낄 수 있게 한다.

　시인은 인간성이 사라져가는 불안한 사회, 불확정의 시대를 살아가는 현대인이 인문학으로 사람답게 살아갈 수 있다는 믿음과 희망을 반복해서 전해주고 있다. 독일의 사회학자 부데(Heinz Bude)교수는 우리가 땀 흘려 열심히 만들어내는 상품이 아니라, 돈이 돈을 낳는 현대사회의 상황을 불안의 사회학으로 풀이하기도 한다. 자본주의, 초국가적 상태가 앞으로 얼마나 지속될지 불안하고 사회 내에 갈등과 증오심과 불안함이 팽배해져 가는 이러한 현실에서 우리가 반드시 되살려야 할 학문은 예학 즉 인문학이라고 시인은 강조하는 것이다. 사라져가는 예학사상을 새롭게 해석하고 습득하는 한편, 문화적 복원을 통해 우리 시대의 역사, 문화의 새로운 자원으로 활용하며 더욱 소중하게 계승, 발전시켜가야 한다는 것이다. 그러면 차츰 "금강가에 스멀스멀 도둑처럼 기호의 꿈/동학의 꿈들이 살아 오를"(「新 금강별곡 63」)것으로 은근하게 노래한다.

　　당신, 참 무던하다 노래 한 소절 한 소절이
　　가슴을 저리고 낯익은 드라마에
　　눈물을 찔끔거릴 무렵, 공중을 밟고 하늘에 올라
　　별당아씨 한숨과 눈물을 받으며
　　500년을 산 '무던하다 당신'

용머리 기와에 이끼는 둘째치고
담쟁이덩굴이 암기와를 넘을 때
팽목항에 들려오는
울음을 알았던지

일 년이 지난 지금에도 눈물이 마르지 않는 것은
금강 기슭에 묵은 원혼들이 기어 나와
모르쇠로 일관하는 말없는 이들을 향해
불길이 될 수 있다는 것에 대한
대오를 이룰 즈음

불길처럼 살아오는 전봉준의 상투머리 상투머리
녹두꽃이 질 때면 너희들이 매달은 갑오의 원혼들이
새로 우는데 오늘도 어김없이
우는데
—「新 금강별곡 100」 전문

　　이 시편에서 시인은 동춘당의 꽃피우지 못한 예장사상의 시대적 슬픔을 '별당아씨'로 비유하며 풀리지 않는 침묵 속에서 비통해하는 역사적 원혼들을 불러내어 세월호를 타고 소풍 가다가 수장된 아이들의 원혼 소리를 듣게 한다. "모르쇠로 일관하는 말없는 이들을 향해/불길이 될 수 있다는 것에 대한"(「新 금강별곡 100」) 예견의 화살을 쏜다. 다만 분노로 그치지 않고 통치철학의 부재를 신랄하게 꼬집으며 통의적이고, 함축적 슬픔을 연결하는 시인의 상상력이 돋보인다.

　　슬픔은 자의적이지만 시를 통한 시인의 서러움은 결코 자의적 산물이 아니다. 지역 정서와 삶의 애환과 사라져가는 기호의 정신을 서정적으로 구사하여, 미래지향적이며 뿌리 깊은 역사의식을 새롭게 고취시키고 있다.

특히 지금까지 그의 시 창작적 정서를 살펴보면 연작 장시의 형태로 소주제나 부제가 극히 드물다. 또한 쉬운 단어와 반복되는 시어들의 운율과 詩語的(시어적) 구성을 보면 시어의 경제성보다는 독자에 대한 작가정신의 전달 의도가 앞서 있음을 볼 수 있다.

新 금강별곡의 전편에 자주 등장하는 이름들을 중심에 놓고 보면 '별당아씨, 동춘당, 전봉준, 녹두꽃, 기호, 백두대간, 팽목항' 등의 시어들은 진실하고 정의로운 삶을 배신한 실패한 산물들로 역사적 자긍심마저 혼란스럽게하는 부끄러움으로 치부하기에 마땅하다고 본다. 가장 답답하게 여겨지는 것 중의 하나는 모성애적 희생에서 우리 역사의 흐름이 지속된다는 것이다. 또한 낮은 자를 소외시키는 기록이며 지배계급의 드러냄의 글쓰기에서 비롯된 위민에 대한 잘못된 인식 체계를 드러내 보이고 있다.

하지만 실패를 거울삼아 새로운 미래를 열고자 하는 희망의 끈을 놓지 않는 시인은 굽이굽이 신금강을 노래하며 나름의 대안을 제세하고 있다. 다름 아닌 통섭을 통한 복원은 역사적 자긍심을 상기시키며 다음 세대에게 무엇을 어떻게 살아가야 하는지를 상징적으로 보여주고 있다는 것이다.

예학은 결코 낡은 학문이 아니라고 강조한다. 특히 기호지방을 중심으로 한 예장사상은 알파고와 빅데이터 시대에 통섭의 학문으로 되살아날 수 있다는 신념을 담고 있다. 가족문화를 복원하고 남녀평등사회를 실현하며 윤리적, 공유적 사회학의 첨병의 제도를 설계할 수 있는 시민사회를 구현할 수 있는 방법론적 제시를 만날 수 있다는 것이다.

"불길처럼 살아오는 전봉준의 상투머리……못다 부른 기호의/노래가 백두대간을 여는 영가로/ 불려 지리라" 이러한 구절에서 느낄 수 있듯이, 『新 금강별곡』은 힘찬 어조로 맺힌 한을 풀어내며 백두대간의 기상을 펼치는 새로운 힘을 발원시키는 노래다. 그의 시에는 생명력 넘치는 이 땅에서 대륙적 기질이 강한 민족의 무궁한 정기를 발현하며 모두가 평등한 삶을 살아갈 수 있기를 바라는 민족적 서정이 녹아 흐르고 있다.

이처럼 그는 시를 통해 스스로의 삶을 일깨우는 한편, 함께 살아가는 민중들의 정서에 따른 시적 형상을 중성적이며 입체적이고 음악적인 복합적 이미지로 창조해 보이고 있다.

2

어머니가 깁는 그물코 하나가 공중에 얼개를
만들고, 그날부터 삶은 달팽이처럼
집을 이고 사는 중이었다
강을 다스려 담는 법을 안다는 것
유년의 기억의 한켠 비늘일 뿐
바람 부는 날과 눈이 오는 날과는
별개의 운율 같아서

미늘 같은 오늘이 덜컥
자물쇠를 채운다
울지마라 슬퍼지는 게 오늘만은 아니다
강을 끼고 산다는 것 그것이
허물을 덮는 것을 누가 알겠는가
꽃처럼 하늘거리다
엄동에 피는
인동초가 되고 복수초가 되는
금강 하굿둑 가끔 흐느적거리며
물질하는 소리가 들린다
　　　　　　　　　　—「新 금강별곡 8」전문

　강이 부패하지 않고 늙지도 병들지도 않는 것은 스스로 흐를 수 있기에 가능한 일이다. 삶의 천라지망의 그물이 얼개처럼 펼쳐져 곳곳에 시인의 오늘을 감싸올 때 그러한 자기 극복의 흐름 속에서 독자적이고 주체적으로 빚어낸 무늬들이 곧 결이고, 이 민족의 역사의 흔적이 아니겠는가.

　'금강' 하면 시문학에서 신동엽 시인을 떠오르게 하지만 박재홍 시인은 이 시대의 금강을 새롭게 바라보고자 『新 금강별곡』이라 이름 붙인 것으로 여겨진다. 신부족국가의 시대에 사는 오늘날의 충청의 하늘이 "한 호흡으로 사는 금강은 여래의 웃음처럼 한결같다"(『新 금강별곡 40』)고 하면서 강의 본성을 기반으로 하는 모성적 생명과 우리 민족의 얼을 그의 독특한 언어적 들숨과 날숨으로 호흡하며 표현하고 있다.

　시적 화자가 되어 "울지마라 슬퍼지는 게 오늘만은 아니다/강을 끼고 산다는 것 그것이/허물을 덮는 것을 누가 알겠는가" 반문하며 비로소 허물을 덮어주는 강 곁에서 강을 따라 서로 힘내서 살아가자고 위로해준다.

한 사람을 위해 깊은 울음을 참는 것
'부끄러운 것'이 아니라고 떡살가루처럼
엷게 부서지는 비를 맞으며 생각했습니다

한여름 목발에 의지해 뜨거운 시장을 돌며
포대화상이 재림하기를 바라는 마음이
가득했습니다

힘없고 설움이 가득한 풍선이 하늘에 이르러
히쭉거리며 웃는 중에
물기에 목발을 놓으며 넘어져 오체투지
넘어졌습니다

길은 내 등을 밟고 이어져 힘없고
허름한 이들의 명절을 향해
한 줌 햇살처럼 이어졌습니다.

오늘 아들에게 순댓국밥 한 그릇이 절실할지 모릅니다

비 오는 날 쓸쓸해 생각나는 국밥 한 그릇을 떠올리는 것
아이에게 시인의 허기가 닿았나 봅니다
—「新 금강별곡 56」 전문

하루는 목발 없이 걷자고 마당을 걸었던 적이 있었다
뼈가 곧추서지 않으면 바로 설 수 없다는
설움에 하늘을 막막하게 올려다 보았다
(…중략…)
금강은 말이 없다 묵묵히 제 갈 길을 갈 뿐
— 「新 금강별곡 23」 부분

강물은 곧 시인의 마음이기도 하다. 이 시에서 말없는 금강은(「新 금강별곡 23」) 화자의 마음속 풍경을 나타내는 은유이고 굴절된 민초들의 결이고 삶의 불꽃이다. 박재홍 시인은 내면 깊숙이 강렬한 삶의 불꽃을 강물에 식히고 다시 벼리는 일로 세상을 이겨내는 과정을 반복하는 사람들, 바로 시인을 포함한 민초들의 이야기를 밖으로 끌어내고 있는 것이다.

스스로 깊은 설움을 안고도 남을 위해 울어줄 수 있는 넉넉함과 배려, 따뜻한 인간애를 보드라운 떡살가루로 형상화한다. 또한 '목발'을 짚고 다녀야 하는 불편함을 투정하지 않고 넘어져도 그대로 인정하며 다시 일어선다(「新 금강별곡 56」). 목발은 그의 버팀목이기도 하지만 누구나 허약할 때 올바로 서기 위해 필요한 지팡이이기도 하다.

시인은 "뼈가 곧추서지 않으면 바로 설 수 없다"(「新 금강별곡 23」)는 그의 신념을 그대로 드러내고 있다. 평소 목발을 익숙하게 짚고 다니다가도 때로 어이없게 목발을 놓치기도 한다. 그럴 때에도 그는 넘어져 새로운 것을 배우는 것으로 현실을 견지한다. 시멘트 바닥에서 새싹이 돋아날 희망을 다지는 것처럼 초현실적인 힘을 자아낸다.

『新 금강별곡』에 자주 등장하는 '기호학'은 우리 민족이 앞으로 가야 할 길을 찾는 화두로 여겨진다. 역사의 소용돌이 속을 헤치고 나와 언제나 잔잔한 물결을 보여주는 한결같은 금강, 하지만 박재홍 시인의 "신금강"은 그와는 다르다. 바다가 뒤집어져야만 비로소 풍어를 획득하는 것처럼 물결을 더 높이고 파도치게 하려는 변화의 의지를 뚜렷이 시에 함축적으로 내포하고 있다.

　시인은 켜켜이 쌓인 민초들의 서러움을 바라보며 과감히 역사 속으로 들어간다. 거기서 그는 역사의 결과와 현실적 거친 삶, 성긴 문화의식을 안타까워하며 시대정신을 감당해 나갈 큰 도량을 축조하고 있다.

　강물은 시인의 내면화된 사유의 공간을 상징하며 동시에 어머니의 삶과 무량한 사랑의 공간이기도 하다. 강물은 어머니의 품속이라 해도 과언이 아니다. 어머니와 나와 꿈과 현실이 길항하면서 무늬 짓는 삶이 박재홍의 시를 힘차게 견인해 가고 있다.

3

　　하루는 아침에 집을 나서는데 강아지가 한참을
　　안쓰럽게 쳐다보았지 코끝에는 작은
　　토끼풀이 묻어 있었고, 검은 눈망울에 촉촉한
　　코끝이 싱그러운 아침이었지

　　하오에는 아침을 기억하며 집을 들어서는데

개집 안이 텅 비어 있었다. 아직 이른
털갈이에 잔뜩, 강아지의 몸부림이
남아 있었다

백구를 부르다 말고, 한참을 아버지의
안방 문을 노려보는데
쏟아지는 눈물이 그냥 이유가 없었네

삼킬 때마다 목젖이 타는 것이
사랑이라는 것을 알았고
　　　　　　　　　　　　―「新 금강별곡 55」 부분

아이가 밀고 나간 바람에 찬바람 사이에 비 냄새가 묻어난다

금강은 지금쯤 강 밑을 더듬던 큰 고기들이
멈춰 서 잠이 들겠다 신은 달의 이면을 지고 산다
뜬금없이 내리는 춘삼월
눈 같은 비가 가르치는 것이다

언 땅을 향해 내리치는 팽이질에 굵은 땀이 흐르고 구색 맞춘
변명을 하지 않아도 진심에 맞게 자라는 생명들이 곧
대지를 넓히며 희망을 전할 것이다
　　　　　　　　　　　　―「新 금강별곡 66」 부분

　유년에 있었던 일을 잘 정제하여 그려낸 시 한편을 보자, 키우던 사
랑스런 강아지가 없어졌다. "하루는 아침에 집을 나서는데 강아지가

한참을/안쓰럽게 쳐다보았지 코끝에는 작은/ 토끼풀이 묻어 있었고, 검은 눈망울에 촉촉한/코끝이 싱그러운 아침이었지"(「新 금강별곡 55」) 강아지는 어떤 예감이 들었는지 집을 나서는 화자를 한참 동안이나 안쓰럽게 쳐다본다.

강아지와의 소통은 코끝이 싱그러운 생명감으로 이어졌지만 잠시 였다. 의심을 품었던 강아지와의 이별은 하오에 알게 되었다. 안타깝 게도 텅 빈 개집에 남아 있는 강아지 털 뭉치가 떠나지 않으려던 몸부 림의 흔적으로 남아있다. 그러나 아버지를 미워하거나 원망하지 않는 다. 그저 목메인 울음을 삼킬 뿐이다. 화자는 아버지도 강아지도 사랑 하는 것이다. 그것은 자연에 대한 사랑과 인간애 또는 모성애로 나타 나기도 한다.

모성본능은 생명을 품어 안고 키우는 것으로 귀결된다. 이 모성이 없다면 강물은 바짝 말라 갈라터지고 마침내 소멸되고 말 것이다. 현 사회의 부조리들을 위하여 모성애는 힘들게 살아가는 수많은 생명들 을 위무하고 보듬어주어야 한다는 의미를 동반한다. 나보다 힘들고 더 어려운 사람들이 얼마나 많은가. 민초들의 그러한 상실과 상처를 증언하고 재현하는 동시에, 치유와 희망의 순간을 선명한 이미지로 드러내어 보여주며 생성원리를 받아들이고 있음이 또 하나의 그의 시 가 가진 질박한 특징이다.

박재홍의 시는 강의 본질을 들숨과 날숨을 중심으로 과거 현재 미 래의 시·공간을 설정하였으며, 그는 이러한 공간을 통해 스스로의 삶의 질곡을 일깨우는 한편, 함께 살아가는 이들의 정서에 따른 시적 형상을 만들어 낸다. 또한 서정성이 정교하게 깃든 익숙한 강을 기반으로 하는 역사성과 우리 민족의 얼, 그리고 모성애를 통해 생명을 화엄에 두게 하고 있다. 이러한 점으로 볼 때, 박재홍 시인은 시의 시·공간적 활력을 확산시켜 대중과 친근성을 가지고 생활과 직결시키며 새로운 활로를 개척해 갈 것으로 기대된다.

앞으로 시의 보편성과 민중성 회복을 위해 대중에게 한 발 더 다가가며 和音(화음)을 통하여 누구나 즐기고 나눌 수 있는 시적 서정성의 영역을 확대해 나가야 온전한 시류로 확대된다고 본다.

빅데이터 시대의 시는 전문성과 대중성을 동시에 갖출 수 있으며 그러한 방법으로 시인과 독자 간 소통의 문제를 해결할 수 있을 것이다. 누구나 알파고 문화시대를 거부하거나 피할 수 없는 현실이다. 그러므로 스마트 문화에 긍정적인 측면을 활용하여 콘텐츠화하고 더 많은 향유자를 획득하며 공유하는 것이 이 시대의 방향성으로서 바람직하다고 생각한다.

박재홍 시인은 인접 예술이나 학문을 현대시학에 접목시키는 꾸준한 노력을 통해 현대시의 상상력의 폭을 넓혀나가고 시의 독자적 영역을 확대해가고 있는 점에서 특별히 주목하게 된다.

시편에서 동어반복과 직유의 표현들이 종종 눈에 띄지만 그것은 그의 함정이다. 독자들을 피로하게 만드는 것 같지만 철학적인 명제를 일상적 표현을 빌어 접근하는 방법으로 보인다. 표현이 난해하다가 평이하다가 하는 반복을 통해 다른 각도의 시의 형상을 보여 주기도 한다. 그것이 곧 시인의 다양한 시의 빛이 굴절되어 나타나는 현상이라고 말할 수 있다.

시어의 과잉은 독자에게 자못 부담을 줄 수 있지만, 그의 시에는 설

명적 시어로 풍광이 선명히 들어오는 편안함도 있다. 또한 의식의 과잉을 빚어내기보다는 침묵과 여백이 필요할 때도 있다. 시적 함축을 통한 절제된 역설이 더 아름답게 작용하길 바라는 마음도 간절하다. 하지만 시라는 것은 物我一體(물아일체)요 곧 雌雄同體(자웅동체)아니던가. 그의 시는 사람의 가슴을 아프게 파고든다. 그 힘을 가지고 이미지와 음악적 질곡이 더욱 명징하게 와 닿는 절제된 시학을 지향해 가기를 바라며 다음 시를 기다린다.

新 금강별곡(錦江別曲)

1쇄 발행일 | 2016년 12월 23일

지은이 | 박재홍
펴낸이 | 정화숙
펴낸곳 | 개미

출판등록 | 제313－2001－61호 1992. 2. 18
주   소 | (04175) 서울시 마포구 마포대로12, B-127호 (마포동, 한신빌딩)
전   화 | (02)704－2546 팩스 | (02)714－2365
E-mail | lily12140@hanmail.net

ⓒ 박재홍, 2016
ISBN 978－89－94459－66－0 03810

값 10,000원

 한국문화예술위원회

※이 책은 한국문화예술위원회의 장애문화예술가 창작활동 지원사업 기금을 받아
　제작하였습니다